KB062523

無作
Non-doing

古川 안직수

1971년 의왕에서 태어나 고천초, 수원북중, 수원고, 단국대와 동국대 언론정보대학원을 졸업했다. 현 불교신문 기자, 1996년 월간 〈문학공간〉에 시로 등단. 시집 〈안직수의 대화〉와 칼럼집 〈세잎 클로버〉 〈한국의 대종사들〉 〈아름다운 인생〉 〈암자를 찾아서〉 번역서 〈울어버린 빨강 도깨비〉 등이 있다.

無作

Non-doing

古川 안직수

도서출판 도반

시집을 내며

항상 알게 모르게 죄 짓고 살고, 도움을 받으면서 살고 있다. 늘 그 은혜를 조금이라도 갚아야 한다고 생각해 왔다. 그런데 방법을 찾지 못했었다.

불교신문 기자로 재직하면서 특히 많은 스님, 불자들의 마음을 받았다. 그 밥값부터 해야지 하다가 '불교의 진리가 담긴' 반야심경을 시로 엮어 내 놓아야겠다는 생각을 했다. 부족하지만 한 단어 한 단어 뜯어내 내용을 되새기며 54편의 시로 반야심경을 풀어보았다.

이 좋은 가르침을 기회가 되면 외국인에게도 전하고 싶었다. 반야심경은 종교적 믿음을 제시하는 글이 아니라, 삶의 바른 방향과 철학을 내포하고 있어 종교와 무관하게 누구나 그 뜻을 읽어 보면 좋겠다는 생각이다. 엄남미 작가가 흔쾌히 격려해

주며 번역을 맡아줬다. 참 감사하다.

깊은 내용을 포함한 〈반야심경〉을 너무 생활의 일부로 보며 가볍게 쓴 것은 아닌지, 야단도 맞았다. 평소 존경하던 스님께 "좀 더 인생을 살면서, 치열하고 간절한 마음이 일어날 때 다시 쓰라"고 야단 들었다. 원고를 통째로 버릴지 며칠을 고민했다. 당연히 따라야 할 말씀이지만, 한 편 한 편의 글을 보며 아낌없이 질타를 해주셨는데, 솔직히 버리고 다시 쓸 용기가 없어 출간으로 이었다. 스님께 죄송하고 또 죄송한 마음이다.

평소 존경하던 유원근 교수님께서 보내주신 시평에 감사드린다. 밥값을 하겠다고 시작한 시 창작으로, 또 신세를 지고 빚을 졌다.

무엇보다 처음 불교에 발을 디디면서 인연이 된, 나의 첫 주지스님이신 자승스님, 25년 넘는 시간

묵묵히 지켜봐 주시며 삶을 보듬어 주신 보현선원 회주 성관스님께 감사를 드린다.

문예지원 제도를 통해 시집을 낼 수 있도록 기금을 마련해 준 염태영 수원시장님과 문화재단 임직원분, 부족한 글을 격려하며 선택해 준 심사위원님께도 고마운 마음을 전한다.

시집에 길게 서평을 쓰면 좋지 않다고 하지만, 어쩌면 당분간은 더 책을 내지 않을 듯하여 이참에 감사의 말을 적는다.

불교신문 대선배이면서, 늘 인자하게 맞이해 주시고 글 스승이 되어 주신 무산(오현) 큰스님과 고은 선배님, 홍사성 선배님께. 또 홍성란 선생님께 늘 감사드리고 산다. 그리고, 소녀같은 눈빛으로 "이 시 완성되면, 우리 출판사에서 책 내고 싶어요" 라던 출판사 편집장님의 말이 글을 완성하는데 격려가 됐다. 수원에서 같이 문학을 이끌어 주고 있는 '시와 사람들' 문우들께도 감사의 마음을 전한다. 가족에게는 늘 미안하고, 고맙다.

 너무 감사한 분이 많다. 이 한 편의 시가 그분들이 전해 준 격려의 말에 담긴 의미처럼, 사회에 도움이 됐으면 한다. 요즘 사람들, 너무 무겁다. 삶의 무게를 조금 덜고 사는데 도움이 됐으면 한다.

2016년 9월에

古川 안직수

차례

마하 摩訶

어머니 마음이 이만치 될까.
퇴근시간 늦으면
바람에 삐거덕대는 대문 소리에도
귀 기울이는 마음이
'마하'만 할까.

그 사랑, 우주보다 크다.

Maha -The Greatness

How can we meausre mother's heart?

When children and husband are late,

she listens carefully to the sound of the front door.

Is it like the Maha − the greatness of mother's mind?

The love is bigger than the universe.

반야 般若

바다보다 땅이 넓다.

물을 버리고 나면 빈 그릇 남듯

바다 아래도 땅이다.

보이지 않는 것도 볼 수 있는 지혜,

반야다.

Prajna - Wisdom

The land is wider than the sea.

As if the bowl is empty

when the water in it is thrown away,

there is a land below the sea.

Prajna is the wisdom to see the unseen.

바라밀다 波羅蜜多

나이만큼 번뇌의 숫자도
줄어든다. 그저,
잘 죽을 걱정만 하면 된다.
단 하나
다음 생에 또다시 이 짓을
반복해야 한다는 염려에
조그만 복이라도 지어봐야지
생각만 짓다가 또 하루
석양을 맞는다.

Paramita - entrance into Nirvana

As we grow older,

the numbers of worries decrease.

Just think about how we will die graciously.

Only thing I worry about is the anxiety

to be trapped in the eternal cycle

of birth, death, and rebirth.

So I have to do a small good deed

but it is just a thought.

Night falls.

심경 心經

이거 하나는 가지고 살아야지.
자식에게 남겨줄 멋진 한마디 말
인생은 이렇게 살아야 한다는
정리된 언어 하나는 갖고 살아야지.

The Heart Sutra

As a father, I need to live with my word

that will be the life lesson for my children.

I have to live with one simple message

that says ; you can live a life like this.

관자재보살 觀自在菩薩

중국 한 관리가 빈 쌀독 부여잡고 울고 있는 아낙네 보고 측은지심 일어 금화 한 닢 전해줬대요. 아비가 그 일 알고 돈을 빼앗아 도박장 가려다가 말리는 아들도, 부인도 죽이는 일이 있었다지요. 세인들이 할 수 있는 자비심이 거기까지네요.

모스크바 박물관에는 늙은 노인에게 젖을 빨리는 젊은 여인의 그림이 망측하게 걸려 있어요. 혁명을 꿈꾸다 아사형을 받고 굶어 죽어가는 아버지에게 막 해산한 딸이 가슴을 내어줬대요. 생명을 가엾게 여기는 건, 부끄러운 일도 무언가 바라고 하는 일도 아니랍니다. 그 여인이 바로, 관세음 관자재 대비관음보살입니다.

Avalokitesvara - The Bodhisattva of Great Compassion

A chinese government official gave the golden coin to the crying wife. After her husband knew about the money, he killed the wife and the son who stopped him from going to the gambling place. People's mercy is that much.

Indecent illustration of the young woman who is giving the mother milk to an elderly is put on the wall in Moscow State historical museum. She is the daughter of revolutionist who is sentenced to the starvation. She gave him her own breast feeding. It is not a shame or wish for something but only feeling sorry for the people who is dying. She is the Kwan -yin.

조견 照見

아이가 현미경 사달라고
수년째 조르고 있다.
머리카락도, 세포도 보고 싶고
아직 보지 못한 많은 것
보고 싶어서란다.

작아지고 낡은 아이들 속옷을 보고
미안한 마음 끌고 대형마트에 갔다.
둘째가 사라졌다.
한참을 헤매다 장난감 코너에서 찾은 아이는
현미경에 눈을 맞추고 있었다.
말없이 아이의 손을 잡고
매장을 빠져나왔다.

현미경으로 보고 싶은 세상은
아직 아이의 꿈으로 남았다.

Reflection of my mind

My son has been pestering me

to buy a microscope for 3 years.

He wanted to see the hair, cells,

and many things that he hasn't seen so far.

One day, I went to a hypermarket

with my son to buy him underwear,

his became small and worn out.

Suddenly my son disappeared.

I searched and searched for him.

Finally I found him at the toy corner.

He was watching the microscope.

I didn't say anything but just got out the shop

with him

My son's dream remains there wanting to see the

world with the microscope.

오온 五蘊

따끔하다.
이발을 하고 나면 꼭 어딘가
작은 머리카락 한 개가
옷에 박혀 찌른다.
슬쩍슬쩍 옷을 털어봐도 헛수고다.
하루 종일 몸을 찌르다가
옷을 벗어 꼼꼼히 뒤지고야
작은 머리카락을 본다.
이 작은 게, 이 작은 게
이 큰 몸을 아프게 한다.

큰일은 상처가 되지 않는다.
작고 소소한 일이 가시처럼
마음에 박힌다.
그것도 삶의 부분이다.

Five skandhas

My skin still stings.

after getting my hair cut.

A small piece of hair

pierces me stuck in my clothes.

Dusting my clothes bustlingly

is a fruitless task.

Stinging all day long,

very small piece of hair

is found after taking off my clothes.

This very small piece of hair

makes my big body distress.

Something outstanding cannot become

a wound.

Very small thing stucks

in my heart like a thorn.

This is also a part of the life.

개공 皆空

산속 돌 틈 새어 나온 물은
흩어졌다 만나기를 반복하면서
자발적 화전민이 된 산골 아저씨 집을 지나
하천으로, 바다로 흘러든다.

파도와 같이 튀어올라
바람에, 열기에
아지랑이 되어 사라진다.

낡은 목선에 앉아 고기잡이 하던 나도
물방울처럼 흩어져 버리면
나도 너도 없다.

오늘은 소낙비가 내린다.

All is empty.

Water leaked from the rocks

is deep in the mountain.

It is scattered and then met again.

It flows

to the slash-and-burn farmer's house

and to the river

and to the sea.

Water drops bounced

with waves are disappeared

by the air and the heat

in the shape of haze.

You and I are lost if I am scattered

like the water drops

catching fish sitting on the wooden ship.

Today rain showers fall.

도 度

뗏목 만들어 강 건넜으면
버려야지.
그 뗏목 지고 간다고
다시 쓸 일 있을 줄 아느냐.

갈 곳도 채 이르지 못하는 인생.

Crossing over

After making a raft of log

and crossed the river,

then throw it away.

Is it useful to hold the raft

like a backpack.

Life never knows the destination.

일체고액 一切苦厄

아이가 아프다고 운다.
마음이 너무 아파
숨 쉬기가 힘들다고 운다.

인생이란 즐기기도 하지만
때때로 버텨야 할 때도 있단다.
아무것 할 수 없이 그냥
숨만 쉬며 버텨야 할 때도 있단다.
그것도 지나간다.

달강달강 옛 자장가 불러주며

배를 쓰다듬는 손길에

스르르 아이는 잠이 든다.

그렇게 잠깐 지나고 나면

시시비비도 사랑도 열정도

먼 옛날 이야기란다.

잠든 아이 귓불에 대고

듣지 못할 유언을 남긴다.

Suffering

Baby is sick and crying.

Hard to breathe.

His mind is too sick to breathe

and he cries.

Sometimes life is enjoyable

but there are times to endure.

There are times

when nothing cannot be done,

just breathing.

This will also pass.

Baby falls asleep

by the hands

of touching the belly

singing old sweet lullaby.

Love and passion became an old fairy tales

after very short moment.

I say my last wish

to the ear of the baby

fallen asleep.

사리자 舍利子

당신, 왜 그리 아파하고 있나요.
데바닷타가 500명 제자를 데리고
부처님 곁을 떠났을 때도
그들 막아서고 정법(正法)을 말하던
당당하던 당신인데
왜 그리 아파하고 있나요?

모든 현상은 결국 사라지는 것이라고.
인연 따라 만났다가도 흩어진다고 말하던
당신이 아니던가요.
그런데 석가모니가 열반에 들 거라고
슬퍼하며 먼저 입적하다니요.

사리자여

아버지가 돌아가신 날

다음 생에 좋은 인연 만나라는 축원도 못하고

펑펑 울었답니다.

아플 때 아파하고, 슬플 때 우는 것이

지혜인가 봅니다.

Sariputra : one of the major disciples of Buddha known as the foremost in wisdom.

Why do you feel so sick?

You are the confident person

who says the right law

in front of the disciples

who was brought by Devadatta.

Why do you feel so sick?

Are you the one

who says that everything

is disappeared finally

and then met again and then scattered

by the connection.

But you first pass into Nirvana

grieving that Sakyamuni will enter Nirvana.

The wisest Sariputra!

The day when my father passed

I cried a lot not blessing him

to meet a good connection from his next life.

When I am sick,

it is okay to feel the sickness

and cry when it is sorrowful.

That seems to be the wisdom.

색불이공 공불이색
色不異空 空不異色

지는 해 바라보며

우마차 끌고 집에 가는 길

가을걷이 농작물이며, 겨울날 쇠꼴이며

풍성하게 한짐 나르고

이만하면 충분하다며 흐뭇해하던

영식이 아버지는

이듬해 입춘이 되기 전

대학 가야 하는 영식이 탓에

아끼던 소마저 팔았다.

헛간에는 못다 먹인 쇠꼴만 수북이 쌓였다.

쥐불놀이하는 아이들 위해

잘 마른 쇠꼴 끄집어내 불지르며

달에게 소원을 빈다.

올해 농사짓게 소 한 마리 내려달라며

영식이 아버지는 소원을 빌었다.

이듬해까지 영식이 아버지가 소처럼 일하고서야

아들 군대 간 틈에

송아지 한 마리 샀다.

쇠꼴이며, 소며, 가을걷이 농작물이며,

영식이조차

없어져야 생기는 관계인가 보다.

영식이 아버지만 그대로 있다.

Form does not differ from emptiness, emptiness does not differ from form

Seeing the setting sun

the way home drawing carts.

Autumn harvest and winter cow grass,

Yongsik's father who is proud of

carrying plentiful luggage

sold the precious cow

because his son must go to college.

The cow grass is stacked up fully

at the barn.

Yongsik's father prayed and prayed

to give him a cow that does farming.

He got out of the cow grass

and fire it so that the children

can play with the fire

called Jwibullori.

The following year after Yongsik's father

worked like a cow,

he bought a calf

while his son is serving military.

The cow grass, cow, autumn harvest,

and even Yongsik are the relationships

that exist after disappearing.

Only Yongsik's father is still there.

색즉시공 色卽是空

탄소 수소 질소 산소
물 공기 바람 흙
형체를 이루는 네 가지 물질을
과학과 철학은 각각 이렇게 부른다.

글 쓰고, 생각을 말하는 나도
이파리 틔우며 여름 한철 자라는 너도
눈에 보이지 않는 네 가지 물질로 나뉘어
흩어진다. 죽는다.

그런데도 참 아웅다웅 산다.
온갖 지랄 다 하고 산다. 거기까지다.

Matter itself is voidness

Science call carbon, hydrogen,

nitrogen, and oxygen

as four matters that take forms.

Philosophy call water, air, wind,

and soil as four matters that take shapes.

I am the one

who writes a poem

and says what I think.

You are the leaf

that grows in summer season.

We both die scattering

by the four unseen matters.

Nevertheless we live a life strongly

and do all sorts of things. that's it!

공즉시색 空卽是色

냇물에

나뭇잎 하나 띄워 놓고

저 멀리 떠나가는 모습을 보다가

다시 눈앞 냇물을 보니

그 물, 그대로다.

Emptiness is identical to matter

Putting a leaf on the stream

and seeing it floating far away

I saw the stream again in front of me.

The water still remains the same.

수상행식 역부여시 受想行識 亦復如是

편지가 왔다. 하루의 일상을 담아
밋밋하게 소식을 전했다.
다시 편지가 왔다. 별을 보다가
생각이 났다는 마음이 적혀 있다.
그렇게 수십 번 편지 주고받다가
만났다.
사랑인지 모르고 살다가
다르게 살았던 습관으로 다툼도 하다가
삼십 년 살고 나니 공기같은 존재가 됐다.
고마운지 모르고 살다가
다시 이십 년 세월 지나 헤어지고 나니
그게 사랑인지 알겠다. 매일 눈물이 난다.

사랑도 삶도 동그랗다.

The four aggregates, or omission of the form from the five aggregates

– feeling or sensation, perception or intellect, mental formation or motivation, and consciousness

A letter arrived.

Dull daily news is written in it.

Another letter came to me.

Seeing the stars, thinking of me,

and wrote it.

We became like the existence of air

struggling as we live in different places

and the habits are different unknowing

that is love.

We forgot the gratitude and took apart.

And now I realize that is love.

Everyday tears flow.

Love and life are round.

시제법공상 是諸法空相

잡초를 베어 낸 자리에
야생화 어떤 꽃 심을까.
고민하는 사이에
땅 아래 밑동서 싹이 오르더니
흰 민들레 피었다.

우주 만물은 이미 가득 채워져 있는데
헛고생했다.

Emptiness of all forms

After cutting weeds,

wondering what kind of wild flowers

I should plant,

the very moment

I am thinking,

white dandelion blossomed

sprouting below the earth.

Universe is already filled fully.

It's all been a waste of time.

불생불멸 不生不滅

얘들이 올 때가 됐는데, 차가 많이 막히나…

잔디 아래 집 짓고 아버지 사신다.
소주 한 병에 포 한 조각 들고
일 년에 두 번 그 집 찾을 때면
인생이 무엇인가 싶다.

어머니가 잔디에 소주 부어 드리자
아버지 맛나게 자신다.

여보, 당신은 아직 여기 오지마.
이 세상에서 더 놀다가 와.

그렇게
삶은 한 바퀴 돌고 나면 제자리다.

Everlasting : There is no way to crave or destroy the original selfless nature. Hence no birth and no death, and everlasting.

It is time to come this tomb.
My kids are getting late.
Traffic Jam?

My father lives below the lawn.
When I visit him twice a year
with a bottle of soju(hard liquor),
I am just wondering what life is.

As my mother pours the soju,
he drinks deliciously.

Darling, don't come to the next world yet.
But try to enjoy more in this life.

Like so, life remains the same
if one cycle is over.

49

불구부정 不垢不淨

거울에 똥을 비춘다고
거울에 꽃을 비춘다고
거울이 더러워지던가, 아름다워지던가.

작대기로 거울을 내리쳤다.
거울도 사라졌다.

Neither taint nor purity

When mirror reflects the shit

or flower, does the mirror become

dirty or beautiful?

Stick was struck downward to the mirror.

Mirror was disappeared too.

부증불감 不增不減

붓다는

이미

질량보존의 법칙도

양자역학도

알고 있었습니다.

2600년 전에.

우리가 이해를 못했을 뿐입니다.

Neither decreasing nor increasing

Buddha already knew mass preservation law and quantum mechanics 2,600 years ago.

We only didn't understand.

시고 是故

너는 내 자식이라

학원비도, 간식도 아깝지 않다.

너는 내 부인이라

화장품 사고, 술 마셔도 사랑스럽다.

그런데 사랑이 식었다고

그런 까닭으로,

이제는 모두가 아깝다고 한다.

헐, 할.

거미 한 마리 창문에 거미줄을 긋는다.

A right relationship

As you are my kid,

I don't mind giving

academy fee and refreshments.

As you are my wife, even the acts of

buying cosmetics and drinking are lovely.

But as time goes by,

the love is fading away.

Now they say it is all wasteful.

Woops!

A spider draws a spider's thread on the window.

공중무색 空中無色

논 가운데 허수아비 옷자락이
바람에 날리자
헛것인지 알고 볏낱 쪼던 참새들이
후르르 날아오른다.
다시 바람인지 알고
참새들이 벼 이삭에 앉자
나락이 떨어진다.

농부는 바람에 그물을 친다.
스님은 허공에 달마를 그린다.

Voidness of no-form : In the ultimate sense, all forms and marks, inside and outside, are but the dreams and mirages, without any ultimate substance.

As a scarecrow's skirt

is fluttered by the wind

in the middle of a rice field,

sparrows picking up a grain of unhusked rice

flew rushingly not knowing it was fake.

After they knew it was

fake of the wind,

they sat on the grain again and

only an ear of rice falls into the ground.

Farmers pitch a net through the wind.

Monks draw dharma in the air.

무수상행식 無受想行識

스님께 갈 길을 물으니
또르르 딱딱 목탁소리 대신
탕탕 수저로 밥그릇 두드린다.

어떤 마음으로 살아가야 할지
다시 물으니
밥그릇 물로 헹궈 마시고
바닥을 쳐다보라 한다.

산중에서는 알겠더니
집에 와 다시 생각하니 모르겠다.

No sensation, no conceptualization, and no consciousness

: All these possess no substance as phantoms

I asked Buddhist monk where to go.

Instead of rolling sound of a wood block,

he beat a rice bowl sounding bang bang.

I asked him how to live my life.

He suggested me to drink rinsed water

of rice bowl and watch the bottom of it.

I knew what it means

while staying in the temple.

But I can not figure out

what it was after I got home.

무안이비설신의 無眼耳鼻舌身意

기억이 나지 않습니다. 기억해야만 할 추억이지만
기억이 나지 않습니다.

막 잠이 들고나면 부스스 일어나
이불 다시 덮어주며 머리를 쓰다듬어주던
아버지 두텁던 손길이 기억이 나지 않습니다.
무거운 연탄 배달을 마치고 집에 들어서던
품에 뛰어들어 부비던 어머니 그 곱던 얼굴이
기억이 나지 않습니다.
마당 한쪽에서 맛있게 보글거리던
아버지 천렵국 끓이던 소리도, 향기도
기억이 나지 않습니다.
병으로 쓰러지고 '니들 고생시키면 안 되는데…' 하며
흘리던
아버지 눈물의 뜨거웠던 감촉도 기억이 나지 않습니다.

손주 딸 개다리춤에 허허 웃던 아버지 웃음소리가
맑았는지, 어땠는지 기억이 나지 않습니다.
그것들은 언제까지나 잃지 않을 것 같았던 추억이었
습니다.

다만 지갑 속 명함 사진을 보며
아버지 하고 부르면 막막한데
아빠 하고 부르면 지금도, 10년이 지난 지금도
눈물이 납니다.
아버지의 소리도, 향기도, 손길도 모두 기억이 나지 않
습니다.
아빠라는 이름만 가슴에 남아 있습니다

No eyes, ears, nose, tongue, body, and mind or thought

I can't remember

the memories that I should remember.

I don't remember at all what it was.

I don't remember

my father's warm and affectionate hands

that passed my hair over, spreading a blanket

over me after I felt asleep.

I can't remember

my mother's lovely face

rubbing father's cheek

leaping into his arms

as soon as he gets home

after delivering heavy briquette.

I don't remember

the simmering sounds and smell

of my mother's boiling father's river fishing soup

at the corner of the yard.

I can't remember

my father's passionate crying touch

that says he should not make us experience

any hardships of life.

I can't remember

whether my father's ha-ha laughing

was clear or not

after he saw his daughter-in-law's a dog's leg dance.

That was all the memories

that cannot be disappeared for ever and a day.

But I still cry calling "Daddy" lonely

after 10 years my father passed away

looking at his photo in my pocket.

I can't remember my father's sound, smell,

and warm hands.

Only father's name is still in my heart.

무색성향미촉법 無色聲香味觸法

비행기를 만들고 나서
울타리도 경계도 없는 하늘에
선을 그었다. 이건 내 땅.

파란 하늘에 가끔 구름이 넘나들지만
구름도 흘러가다 흩어지면
그대로 하늘이 된다. 파아란 하늘이 된다.
하늘 보고 내 땅이라는 족속은
인간 뿐이다.

한 점 불빛에 불과한 지구 안에서
너 나 가르며 다르다고 한다.
우습다.

No six sense-object : Forms, sounds, smells, tastes, touch or textures, and the Dharma.

After inventing airplane,

human drew lines between the sky

which is boundless.

This is my land.

Cloud goes and comes often in the blue sky,

but the cloud becomes the sky as it is

scattered by floating along.

It becomes blue sky.

Only human says that the sky is my land.

It is foolish to dispute

about dividing you into me

in the earth of just a light.

무안계 無眼界

눈은 잠시 더러움을 덮지만

비는 먼지도 꽃도 쓸어 내려간다.

모두 떠난 자리에

내 마음만 남는다.

No sight

Snow covers the dirt for a while

but rain sweeps the dirt or flowers.

My heart remains the place where

everything is gone.

내지 乃至

좋은 일은 겹으로 오고
나쁜 일은 잇달아 온다.
마음의 집착은 털어낼 틈 없이
켜켜이 쌓인다.
켜켜이 쌓인다.

From to

A good things comes with many layers.

A bad things comes pouring in.

Without having time

to dust off the obsession of mind,

it is piled up.

It is piled up.

무의식계 無意識界

물고기가 집을 짓고 낮잠을 자는데
황새가 날아와 콕콕 부리로 집을 흔든단 말이지.
깜짝 놀라 집에서 나오면 잡아먹힐 것이고
무신경하게 계속 잠을 자면 또 하루 지나갈 것인데

황새가 배를 채우느냐 물고기가 사느냐는
결국 지 하기 나름이지.
황새 하기 나름이지, 물고기 하기 나름이지.

The world of unconsciousness

Fish built a house and took a nap.

Suddenly oriental white stork flew in,

shaking the house by pecking with its beak.

Fish will be eaten up

if he got out of the house surprisingly.

A day will be passed by

if he still sleeps insensitively.

Whether the stork stuffs out his belly full

or fish dies unknowing that he is dying

depends on how they react by themselves.

Stork's fate, or fish's fate.

무무명 無無明

십 초도 버티지 못할 무게를
들었다 놓는 역도선수 친구도,
일 분도 지나지 않아 사라질 분노에
차량에서 고함을 질러대는 운전자도,
오 년도 지키지 못할 권력을 쥐고
세상을 다 바꾸겠다는 위정자도,
나도

조주의 뜰에 모두 오시어
차나 한잔 하시게.

Non - non - ignorance

Weight lifters who lift the heavy weight

that we can't stand for 10 seconds,

Drivers who yell at the anger

that will be disappeared in a minute,

Politicians who say that

they can change the world,

having the authority not keeping for 5 years.

and I also

Come and drink a cup of tea

in the field of nut pine of Joju.

역무무명진 亦無無明盡

바람이 어디로 가는지 알고 싶어
지푸라기를 던졌다. 몇 걸음질치다 곤두박질.
민들레 씨앗을 불어 날려도 보고
풍등에 불을 지펴 올려봤지만
바람을 따라가지는 못했다.

냇물에 나무배 띄워 따라가다가
가다가 지쳐 걸음을 멈추고서야
바람도 물도 끝을 볼 수 없듯
삶도 끝을 알 수 없다고
체념하고 돌아서다가

아하, 알겠다.
그게 궁금해지지 않는 원리를 알겠다.

Endless non-non-ignorance

Wishing to know where the wind goes,

threw a straw out but it was

fallen down after a few steps

Blew the seeds of dandelions

and made them fly.

I made Chinese wish lanterns fly.

They cannot follow the wind.

Floating a wooden ship in the stream,

I became tired and stopped after following it.

As the end of the wind and water cannot be seen,

despaired of not knowing the end of life and turn.

Ah-ha. Got it!

Yes, knew the principles of not being curious.

무노사 無老死

늙고 죽는 것이
마음일까 몸일까.

보톡스로 팽팽해진 얼굴에
청바지 입고 하이힐 신은 할머니와
잠바 무게도 감당하지 못해
흐느적 출근길 재촉하는 젊은이가
나란히 지하철 보도를 걸어간다.
세월만큼 닳다가 죽어버린 무릎관절 대신
인공관절 넣고 잘도 걸어간다.

과학은 늙고 죽음을 30년쯤 뒤바꿔 놨다.

No aging and death

When you say you are get old and die

is it mind or body?

An old lady gotten Botox injections

wore blue jeans and high heels.

And a young man who cannot endure

the weight of his jacket goes to work.

They walk side by side in the pavement of subway.

Instead of the dead joint which is worn out like time

they walk well with the artificial joint.

Science changed the aging and death delaying

about 30 years.

역무노사진 亦無老死盡

고기를 굽고
술을 마시다가
노래도 불렀다는데
깊은 낮잠에 빠진 나는
냄새도, 맛도, 소리도,
해가 저물었는지도
몰랐다.

혼자 죽었다 살아났다.

그러나 그이도 나도
시간은 똑같이 흘렀다.

Never failing of aging and death

He said that I roasted beef and sang a song

drinking hard liquor but

I couldn't smell, taste, hear the sound of it.

I felt asleep in the afternoon and didn't know

it was getting dark.

I died and was alive by myself.

But to him and me,

time flies equally.

무 無

마음이 어지러울 때면
길가의 돌을 주워 탑을 올립니다.
하나하나 마음을 담아 세우다 보면
내 키보다 높아지고, 내 마음보다 커지고
틈새 하나하나 메우다 보면
내 마음보다 단단해집니다.

탑에 가득 담았던 마음이
탑 하나 쌓고 나니 어디론가 가 버립니다.
그냥 돌무더기만 남았길래
산길 패인 곳을 하나하나 메워 버렸습니다.

돌탑은 사라지고
돌은 원래 자리로 돌아갔습니다.

Nothing

When my heart flutters.

I pick up a stone and raise tower.

Heaping up stones with my heart,

it becomes taller than my height.

Filling in every single gap,

it becomes harder than my heart.

My heart in the tower is gone

after raising a tower.

Just a pile of stones was still there,

I filled potholes with one another

through the mountain road.

Stone tower was gone.

The stone went back to the original place.

고 苦

간밤에
세상 다 무너질 것 같더니
잠에서 깨어보니 조금 아련하다.
며칠 지나고 나니 그때 왜 그랬었나 싶다.
두어달 지나고 나니, 무슨 일이었는가
기억이 안 난다.

행복했던 일도
지나고 나면 기억이 안 난다.
왜 행복했었는지 잊고 산다.

The troubles of life

The world is likely to fall down last night.

Woke up from sleep and felt a little bit dim

After a few days, why I felt like that then?

After two months, I don't remember what happened.

Things that made me happy are not remembered.

I live without remembering why I was happy.

집 集

사람이 떠나고 나서
아팠다. 너무 시려
된장국 동그란 무 한 조각에
그 사람 얼굴이 떠올라
밥도 국도 버렸다.
네모난 도시락 통에 물을 따르고서야
몇 모금 마셨다.

사람이 왔다. 다른 사람이 왔다.
그제서야 나는 그 사람과
맛나게 젓가락질하며 식사를 했다.

가고 나니 왔다.

Collections of writings

After the person left I became sick.

Too cold to see a small piece of radish

in the soybean paste soup,

your face struck me.

Throw away rice and soup.

After pouring water in a square lunch pail,

I drank a few mouthfuls of water.

Man came, another man came to me.

Only then I used chopsticks and ate

delicious meal with him.

After a person left, another came.

멸 滅

그렇게 왔던 사랑이
상처만 더 크게 주더니
가 버렸다.

그때 그 상처 그대로
혼자 살았다면 차라리…

Nirvana

Love left giving a deep scar in my heart.

I'd rather live with that scar...

도 道

깨어난 신록은 더 짙어졌고
꽃은 이미 피었다 저물고 열매를 맺어간다.
이 오월에 본다. 산색(山色)을 본다.

산은 녹색일 때 제일 아름답고
새는 청아하게 지저귈 때 즐거우며
사람은 사람의 길을 걸을 때
가장 향기롭다는 것을
산색이 물든 오월에서야 본다.

물 한 방울, 땀 한 방울 주지도 못했는데
숲은 이미 우거져 있다.

Truth

The fresh green woke up and was getting darker.

Flowers have already blossomed and fell down.

I see the colors of mountains this May.

Mountain is most beautiful when it is green.

Birds are joyful when they sing the liquid song.

Men are most fragrant

when they walk through the men's road.

I realized it when it became green color in May.

We didn't give it a drop of water or sweat.

But the forest is already thickly wooded.

무지역무득 無智亦無得

찻길도 이정표도 없이
지평선까지 펼쳐진 광야를 달리던 자동차는
좌회전 우회전 몇 번 하더니
작은 강가 옆 게르에 객을 내려놓는다.
나그네만 보이지 않는 길이 거기 놓여 있었다.

밤하늘 가득 박힌 별을 잇대
별자리를 그려주며
별마다 다른 빛을 갖고 있노라고.
저렇게 많은 큰 별 가운데
북극성 찾아내는 게 신기하다.

말 타고 양 키우며, 매 사냥하고 사는
몽골 사람은 다 아는데
이차방정식, 영어 단어 줄줄 외우던
나만 몰랐다.
인생도 그렇게 헛살고 있는가, 내게 묻는다.

Neither wisdom nor any attainment

The car driven on the road of field

extending into the horizon

without any signs and road

turns left right several times

and drops the guest at the Ger by the small river.

Only the stranger cannot see the road, but it exists.

They connect the stars full in the sky and draw sign.

They say stars have different lights.

Among all the stars it is surprising

that Mongolians can find the north star.

Mongolians who ride a horse and hunt hawk

knew about the stars.

Only I didn't know about it

even though I memorize English words

and a quadratic equation.

I asked myself how I lived a life in vain?

이무소득고 以無所得故

여보, 옆집 영순이네 갔시유.

더 갖고 싶다.

더 사랑하고 싶다.

더 좋은 집, 더 좋은 차 타고 싶다.

더더더 하다가, 간밤에

그냥 갔시유. 돈이 쬐까 뿐인데 부줏돈 더 달라 안하

겠쥬?

Troubles of getting no nature oneself

Honey, Yeongsun living next door moved.

Wishing to have more.

Wishing to love more.

Wishing to live in the better house and

drive a better car.

Saying more, more, more they moved.

Don't they ask us to pay more gift money

as we are running out of money?

보리살타 菩提薩埵

쌀 한 가마니 타작해 창고에 재웠다가
시집간 큰 딸이 올 때도
장가가버린 아들이 올 때도
포대자루 가득 담아 내어준다.
묵은 쌀 내어 밥을 짓다가
자식 내외 올 때면 햅쌀로 밥을 짓는다.

어머니가 보살이다.
귀 떨어지고 이 빠졌지만
그래도 곱디고운 관세음보살이다.

Bodhisattva

Threshing rice and putting it in the warehouse,

gave married son and daughter rice full of sacks.

When I eat rice I cook it with old one,

but when our children come

I cook it with new one.

Mother is Bodhisattva.

Nevertheless she can't hear well

and her teeth were pulled out all,

she is still beautiful kwan-yin.

고심무가애 故心無罣碍

창고 한구석에서 벼루를 찾았다.
켜켜이 쌓인 먼지 털어내고
먹을 간다.
맑았던 물은 회색으로, 흙색으로
까맣게 물들어 간다.

아무것도 없는 종이 위에
붓을 그어본다
난도 그려보고, 대나무도 칠해보지만
마음은, 마음은 어떻게 그려야 하나.
벼루에 붓을 넣자
목 말랐다는 듯, 먹물 쭉 빨아들인다.

몇 번을 망설이다가

다른 붓에 맑은 물 묻혀

글씨를 쓴다.

慈室忍衣, 자비의 집을 짓고 인내의 옷을 입자.

흰 종이 그대로 어지럽히지 않았다.

Troubles of feeling no pain of attachment of mind and action

Found an ink stone at the corner of storehouse.

Rub down an ink-stick brushing from dust piled upon.

Clear water is dyed gray and black.

Draw something with a writing brush on the paper.

Draw an orchid and paint bamboo.

But how I should draw my mind?

Putting brush on the ink stone,

it sucks in all the time as if it was thirsty.

Write letters wandering several times

moistening another brush.

Let's build the house of mercy and

wear the clothes of endurance.

White paper itself is not in disorder.

무가애고 無罣碍故

어느 노인이
방사능과 지진이 무섭다고
한국에 귀국했다. 반백년 살던
일본을 버리고 왔다.
젊은 아들이 지금 그 집을 지킨다.

노인이 늘상 하는 말은
내 나이 80을 넘기면서 보니
삶이란 유한하며 윤회하는 것이니
죽음 따위 두려워 말고
지금 충실하게 살라는 말이다.

그래서
세 살 아이도 알지만
팔순 노인도 실천하지 못하는 일을
너는 하고 있느냐 호통치던
나뭇가지 선사의 주장자가 두렵다.

No mind and action's attachment

An old man returned to Korea

terrified by the radioactivity and earthquake.

He left Japan. Only his son keeps the house.

The elderly always says that stay present

not being afraid of the death

because life is limited and reincarnating.

So I am afraid of the advocate of Zen priest

in the branches of a tree scolding me that

is it you who live such a life.

Only 3 years old child knows but

80 years old man cannot practice.

무유공포 無有恐怖

바다가 얼마나 깊을까
한 번쯤은
바닷물 속에 발을 딛고 걷고 싶다.

산과 들에서 본 것과
전혀 다른 생명이 사는 곳을
한 번쯤 보고 싶다.
엄마 뱃속 같은 그 광경을.

보지 못한 세계를 간다는 것은
두렵고 무서우면서 또,
경이로운 일이다.

Nothing and something of fear

How deep is the sea?

I want to walk on the seawater someday.

I want to see the place like a womb

where totally different beings live in and

we can't see from the mountains and fields.

Going to the world that I haven't experienced

is fearful but also wonderful.

원리전도몽상 遠離顚倒夢想

사람이 할 수 있는 건
놓아두는 것이다. 건드리지 않는 것이다.

새가 나뭇가지에 앉거든
지저귀는 소리를 듣고
고기가 냇가에 노니는 대로
보고만 있으면 된다.
행복은 파도처럼, 저절로 온다.

산을 덮은 푸르름을 이루는 건
잡초가, 잡목이 대부분 아니던가
들판에 녹색 물결이 일어날 때
잡초니 약초니 구분하지 말고
바라만 보고 있으면 된다.

남의 피 허락없이 뺏으려다

죽임을 당하는 모기처럼

살지 않으면 될 일이다.

헛된 꿈 꾸지 않고 살면 될 일이다.

Nothing is wrong originally so awake from the illusion

Things that men can do

just leave them alone

and do not touch them.

When the birds sit in the branches

listen to the sound of bird's song.

Just see the fish playing in the stream.

Happiness comes automatically like waves.

Just see the sight

not tell weeds from medicinal plants

in the green fields like waves breaking out.

The mountains are mostly covered with

weeds and scrub.

Like mosquitoes that get killed

when they steal a person's blood

without permission,

We need to live not dreaming false dreams

and just live in the moment.

구경열반 究竟涅槃

바위틈서 흘러나오는 샘물 마시고

다시마 질경질경 씹으며

배고플 때 먹고, 졸릴 때 잔다.

해가 뜨든지 지든지 상관없다.

졸린 시간도, 배고픈 시간도 매일 다르다.

그렇게 꿈에 그리던 무인도에 산다.

산속에 나의 무인도 짓고 산다.

그렇게 살아야 하는데, 그렇게 살아야 하는데.

The ultimate bliss of Nirvana

Drinking spring water out of the rocks,

chewing sea tangles,

I sleep when I am sleepy

and eat when I am hungry.

I don't care whether sun rises and sets or not.

Sleepy and hungry time is different every day.

I live in the desert island

I live building the desert island

by myself in the mountain.

I should have lived like that.

I should have lived like that...

삼세제불 三世諸佛

파리에는 에펠탑이 있다지요. 뉴욕엔 자유의 여신상
이 있답니다. 어떻게 아느냐고요? 가보지도 않았지만
갔다 온 사람들이 있다고 합니다. 사진도 보여줍디다.
 세상은 지옥도 있고 극락도 있으며, 가보지 못한 세
계가 있다고 하니 안 믿습니다. 왜 안 믿느냐고요? 사
진이 없어서 그런가 봅니다. 사진은 내 마음속에 있는
데…. 지구 너머 세상이 있고, 부처가 있다는 것을 믿
는 사람은 안답니다.

All the Buddhas of the three times

: The past, the present, and the future Buddhas

Eiffel tower is in Paris.

Statue of liberty is in New York.

How do I know without traveling there?

By the people who traveled there already.

They say that they are there.

They show us the pictures.

We live in the world of hell and heaven.

People do not believe in the world of unknown.

Why don't they believe?

Because we do not have the pictures.

Pictures are in my mind...

People who believe in the Buddha and the world

beyond earth only know about it.

득 得

연못에
돌을 던지지 마라.
얼마나 많은 생명들이
평화롭게 놀고 있느냐.
파장을 일으킨다고
네 마음이 가라앉을 일이더냐.
그냥 그대로 두어라, 보아라.

뭐 좀 엮어 보겠다고
사방팔방 파장을 만들지 말아라.
연못에도 마음에도
돌을 던지지 마라.

Enlightenment

Do not throw a stone into the pond.

How many lives are living in peace?

Does a wavelength make your heart sink down?

Leave it alone and see it.

Do not create a wavelength to weave something.

Do not throw stones neither into the pond nor into

the mind.

아뇩다라삼먁삼보리

阿耨多羅三藐三菩提

지구를 살다 간 생명 중에
지혜가 뛰어난 사람이 누굴까
석가모니 부처다.
단연 독보적이다.
그가 본 세상은, 우주와 삶의 법칙은
비행기로 날아다니고, 미생물 속 소립자를 관찰하는
이 시대에도 맞다.

지식은 시대를 건너면서 축적된다는데
석가모니 부처가 얻은 지혜를
모두 얻은 사람은 아직 없다.
뜻을 아는 사람은 몇몇 있었는데
그대로 실천한 사람 아직 없다.

아뇩다라삼먁삼보리 얻으려고

산문 걸어 잠그고 안거를 한다, 화두를 든다지만

저잣거리에서 지혜를 구하는

수행자는 아직 못 봤다.

물론 나는 그 근처도 안 갔다.

Perfect or complete enlightenment, or the consummation of incomparable enlightenment

Who is the wisest man in the world

among all creatures?

It is Shakyamuni Buddha

that is definitely unrivaled.

The world he saw,

the universe and life principles

are quite equal to this world

flying airplanes and observing particles

in the microbes.

Knowledge is scaled over period of time.

But nobody got Buddha's wisdom yet.

There were several people who knew the meaning

but no one practiced as Buddha did.

To get the knowledge of perfect enlightenment.

monks lock the door of the temple

and practice asceticism from lunar month,

April 15th to July 15th

But I haven't seen the person who get the wisdom

in the streets of a city.

I couldn't have experienced yet.

시대신주 是大神呪

이삭 줍던 여인들이
교회 종소리에 손을 다소곳이 모으고
또 하루 무사히 지났음에 감사를 올린다.

종은 신의 음성이다. 범종은 부처의 법문이다.

크고 신령한 가르침은
멀리 중생계 너머 생명이 있는 곳에
파동을 일으키며 말한다.

귀가 없어도 그 소리를 듣는다.

Mysterious invocation

Women who gather grains to pray for the gratitude

of finishing a day happily when the church bell rings.

Ringing is God's voice.

Buddhist temple bell is Buddha's teaching.

Great divine teaching tells by generating wave motion

beyond the life of people far away.

Without ears the sound can be heard.

시대명주 是大明呪

언젠가 올 것 같은
그대를 위해
사립문 앞 전등을
밤마다 밝힙니다.

님이여, 오세요.
언제고 오세요.
술은 이미 잘 익었답니다.

The bright mantra

I turn on the light

in front of a twig gate

for you who will come someday.

My love, come here.

Any day, come here.

The wine is ripen already.

시무상주 是無上呪

바람도 멀미를 한다.
판잣집 날려버리고 농작물도 뽑아내다가
넓은 바다에 서면
방향을 잃고 비틀거린다.

구름도 멀미를 한다.
너무 많이 머금고 나면
울컥 게워낸다.
비가 오고 눈이 내린다.

원래 없던 실체가 인연을 만나
지 잘난 줄 알고 살다가
지독한 멀미 한번 하고 나서야
뒤늦은 눈물을 흘린다.

제법무아 제행무상 열반적정
만고의 진리다.

The great mantra

Wind also gets travel-sick,

blows up the pondok and

roots up the crop.

Lost direction and

stumbled in the wild sea.

Cloud also gets travel-sick.

Having too much and then burst out.

It makes rain and snow.

Originally living entity which isn't that big in itself

meets his soulmate.

After a hard sickness, belated tears fall.

All dharmas lack self-nature, or inherent existence,

whatever is phenomenal is impermanent,

timeless void of Nirvana, they are truth of all.

시무등등주 是無等等呪

무리지어 번지는 들풀은

세월보다 빠르게 자란다.

다듬어지지 않았지만

들판의 흙을 메우며 자라는 잡초는

차별하지도, 경쟁하지도 않고

자기 모양 그대로

세월보다 빠르게 자란다.

The greatest mantra nothing compared

The grass of the field spread by grouping

grows faster than time.

Weeds growing in the field by filling soil

don't compete and discriminate.

They grow faster than time the way it is.

능제일체고 能除一切苦

반백년 잘 버티더니 결국
흔들거리다가 인연이 다했다.

치아가 건강해야 100세를 사니
잘 씹어 잘 먹으려면
나사 박고 이빨 모양 덧씌우자고
마취를 하고 잇몸을 갈아엎었다

- 그렇게 두 시간, 사각거리던 잇몸에
  조금 통증이 온다.
  곧 끝나겠지. 참아보자.
  독립운동가들도 민주화 운동가들도
  이보다 모진 고문 견디지 않았더냐.
  한숨 잠 자고 나면 끝나겠지.
  그렇게 한 생각 지나기도 전에
  '아' 소리를 질러 다시 마취를 했다.

의식도 몸도 있으니 아픈 건 알겠는데

의식과 몸을 나누면 통증도 없을 터인데

그게 안 된다. 헛배웠다.

Easily removal of all pains

Enduring for 50 years, the teeth is over

the relationship after wobbling in my mouth.

Men can life happily if the teeth is healthy.

So I replaced the gum by anesthetizing

to cover the teeth with artificial teeth

like drivescrew.

I feel the pain in the crunching gum.

Let's endure, it will be over soon.

Didn't the fighters for independence

stand harder torture than this?

It be over after taking a nap.

Before passing the idea,

I shout "ah" sound,

so I was anesthetized again.

I can understand that I feel sick

as I have consciousness and body.

If I distinguish consciousness from body

there will be no pain. But it's impossible.

I was misguided.

진실불허 眞實不虛

사람은 똑같이 소중한 존재이며

모든 생명은 나처럼 행복하고 싶어 한다는 것

행복은 다운로드나 카피가 되지 않으며

기쁜 일도 슬픈 것도 없을 때

진정한 행복이 다가온다는 것

이것이 부처의 진실한 가르침.

Buddha's teaching is real and not useless.

Every human is equally precious being

that wants to be happy like me.

Happiness cannot be downloaded or copied.

When there is nothing pleasant and sad,

real happiness comes to you.

This is real teaching of the Buddha.

아제아제 바라아제 바라승아제 모지사
바하 揭諦揭諦 波羅揭諦 波羅僧揭諦 菩
提 娑婆訶

세상에서 가장 맛있는 식사는

가장 좋아하는 사람과

그이가 좋아하는 음식을 먹는 시간

혼자 가는 길은 쓸쓸하고

혼자 먹는 밥은 텁텁하다.

같이 가자. 함께 가자.

너와 내가 하나가 되어 같이 갈 때

비로소, 비로소 행복하다.

Saying Gate, Gate, Paragate, Parasamgate, Bodhi Svaha

Let's go to the world of enlightenment all together. The nirvana is the blessing.

The most delicious meal in the world is the meal time

when eat food with our favorite people.

The road we go alone is lonely

and the meal we eat alone is stale.

Let's go together, together!

When you and I become one and go together

then for the first time we are happy.

기도

전생에 기도 좀 더하지.
복 좀 더 쌓아 놓고 이 세상 오지.
어쩌다 내게로 와서
가난한 집으로 시집와
피곤한 몸 눕히고 땀 송글송글 맺히며
골아 잠자고 있누.

다음 생엔 좀 더
많이 가진 남자 만나라고
잠든 아내 대신 기도한다.

Prayer

You'd better pray more in your previous life.

You should have come to this world after

gaining good fortune.

You happened to marry to this poor guy

and are tired and sleep sweating?

I pray for my wife meeting a rich guy

in her next life instead of sleeping wife.

아직 낡지 않은 책상

베니어 합판으로 만든 앉은뱅이 책상
나 태어나기 전
공부 시작한 누나 위해 만든 아버지 소품을
50년 세월 끌고 다니다 보니
다리 한쪽 균형이 맞지 않아
나무를 덧대 아이들이 쓰고 있다.

몇 번의 이사에도 버리지 못하고
책상도 밥상도 쓰고 있다.

늦은 귀가 날,
책상 위에 아이가 아빠 보란 듯 성적표를 올려놨다.

귀한 베니어 합판 구해
뚝딱거리며 책상 만들던
할아버지 마음을 손녀가 채워주고 있다.

The desk which is not yet old.

My father made platform desk

that is made of veneer core plywood

for my sister before I was born.

I used it for 50 years so it is unbalanced.

My children use it by adding wood.

I couldn't throw it away even though we moved,

using it as a desk and a table.

When I was late home,

my daughter proudly put report card on the desk.

Grandfather made the desk

finding very precious veneer core plywood.

And his grand daughter is filling his valuable mind.

시 평

시제를 「無作」이라고 정한 것에서도 유추할 수 있듯이, 안직수의 시들은 삶의 곳곳에서 현현되는 불교적 깨달음으로 가득 차 있다. "사람은 무엇보다도 사람의 길을 걸을 때/ 가장 향기롭다는"(「道」) 사실과 "하늘 보고 내 땅이라는 족속은/ 인간뿐"(「무색성향미촉법」)이라는 자각, "우주만물은 이미 가득 채워져 있는데"(「시제법공상」) 인위적으로 우주의 조화를 깨트리는 행위에 대한 통렬한 반성이 구현되고 있다. 혁명을 꿈꾸다가 사형을 받고 죽어가는 아버지에게 젖을 물려주는 딸이 「관자재보살」이라는 이치를 알아내고, "뗏목 만들어 강 건넜으면/ 버려야지/ 그 뗏목 지고 간다고/ 다시 쓸 일 있을 줄 아느냐"라는 구절은 욕심을 버리지 못하는 현대인들을 강하게 질타한다. 이 시집은 불교적 가르침으로 삶을 재인식시킴으로써 어리석은 현대인의 등짝을 내리치는 죽비가 되기에 모자람이 없다.

문혜관

(계간 ≪불교문예≫ 발행인)

《반야심경》시편(詩篇)의 가능지평
- 안직수의 시집 《무작》의 시 세계

유한근

1. 《반야심경》 전편의 시적 형상화

안직수의 《무작(無作)》은 《반야심경》을 모티프로 하여 쓴 54편과 경외시(經外詩) 2편이 묶인 시집이다. 《반야심경》은 《마하반야바라밀다심경》의 줄인 말로, 불과 한자 260자로 구성된 경문이다. 예불이나 각종 의식에 초종파적으로 지송되는 경전이다. 그 뜻은 "위대한 지혜의 완성과 그 정수를 담은 경'이라는 것으로 불경 중 으뜸이며 8만대장경이 집약된 기본적인 경이다. 그 경문의 260자를 시의 제목으로 삼아 안직수 시인은 시 54편을 썼다.

불교에 대한 관심과 불교에 대해 아는 시인은 많다. 그러나 그 많은 불교시인들이 왜 이런 시도를 하지 않았을까? 왜 직구를 던지지 않았을까? 왜 불교의 핵에 몸을 던지지 않았을까 하는 의혹을 갖고 나는 《무작(無作)》을 읽었다. 그리고 무릎을 쳤다.

이 시집의 제목부터, 이 시집의 제목은 '무작(無作)'

이다. '무작'은 '만들지 않는다' 이다. 의도적으로 창작하지 않았다라는 의미이기도 하다. 불국사의 '무설전'을 그렇게 이름했듯이. 창작했으면서도 창작하지 않았다라는 불교적 인식으로 발상된 제목이다. '무설전'은 신라 문무왕이 세운 설법하는 강당이다. 《법화경》을 강의했다는 이 교실에는 말이 무성했을 것이다. 그럼에도 불구하고 말씀이 없는 곳이라는 의미로 무설전(無說殿)이라 이름한 것은, 진리란 언어를 빌리지 않고 설법해야 부처의 진리를 바르게 전달할 수 있다는 언어도단(言語道斷)의 의미를 환기하기 위해서일 것이다. 따라서 무작(無作)은 억지로 만들지 않아야 시가 된다는 시인의 시학이 함유된 언어이다. 그렇다면 그의 시는 어떨까?

어머니 마음이 이만치 될까
퇴근시간 늦으면
바람에 삐거덕대는 대문 소리에도
귀 기울이는 마음이
'마하'만 할까.
그 사랑, 우주보다 크다.
　　　　　－시 〈마하(摩訶)〉 전문

'마하'는 '크다'는 뜻이다. '크다'는 의미만 있는 것이 아니라, '위대하다', '뛰어나다', '많다'의 뜻을 가지고 있다. 우리 '한글'의 '한' '하다'와 같은 의미로 상통된다. 위의 시 〈마하〉에서는 아들의 귀가를 기다리는 어머니의 마음, 바람에 덜컹거리는 싸리문 소리에 귀 기울이는 어머니의 마음을 우주보다 크다고 인식한 시이다. 그 마음은 사랑일 것이다. 모성이며 인간에 대한 이해와 사랑이다. 나아가 자비일 것이다. 귀가하는 발걸음 소리와 바람 소리는 자연의 소리고, 우주의 소리이기도 하다. 그 소리에 대한 인식은 큰 깨달음이다. 크다는 무한함이기 때문에 제한 없이 열린 공간이다. 경계가 없는 공간이다. 그것을 담은 그릇에 따라 그 그릇을 채울 수 있는 크기이다. 어머니의 마음 크기에 따라 그 마음의 크기는 다르다. 불교에서 계량의 개념이 없다. 없다기보다는 그것을 초월한다.

'반야'는 '지혜'를 의미한다. 그 지혜의 형상을 시인은 이렇게 노래한다.

바다보다 땅이 넓다.

물을 버리고 나면 빈 그릇 남듯
바다 아래도 땅이다.
보이지 않는 것도 볼 수 있는 지혜,
반야다.
　　　　　　－시 〈반야(般若)〉 전문

'반야'는 범어로 프라즈나(prajna)이다. 진실된 생
명성을 깨달았을 때 얻게 되는 인간의 지혜를 말한
다. 반야는 진리에 대한 새로운 자각에서부터 시작
된다. 체험이나 실천을 통하여 체득하는 자각이 '반
야'다. 선정(禪定)의 체험으로 가능한 경지다. 판단
능력인 분별지(分別智, vijnana)가 아니다. 오히
려 무분별지(無分別智)이다. 위의 시 〈반야〉에서처
럼 "보이지 않는 것도 볼 수 있는" 지혜가 반야이다.
바닷물에 가려 보이지 않는 바닷속 땅까지를 볼 수
있는 지혜가 반야이다.

나이만큼 번뇌의 숫자도
줄어든다. 그저,
잘 죽을 걱정만 하면 된다.
단 하나

다음 생에 또다시 이 짓을
반복해야 한다는 염려에
조그만 복이라도 지어봐야지
생각만 짓다가 또 하루
석양을 맞는다.
　　　　　－시 〈바라밀다(波羅蜜多)〉 전문

　'바라밀다'는 산스크리트어 파라미타(paramita)
의 의역으로 '완성'을 의미한다. 현실의 괴로움에서
번뇌와 고통이 없는 세계인 피안으로 건넌다는 뜻이
다. 열반에 이르고자 하는 보살의 수행이 '완성'이기
때문에 이를 의미한다. 온전한 열반에 이르기 위해
서는 다음 생에 태어나지 말아야 한다. 그래서 위의
시에서처럼 "조그만 복이라도" 더 지어야 "다음 생
에 또다시 이 짓을/반복"하지 않게 된다. '이 짓'이
란 온갖 번뇌로 고통 받는 삶을 의미한다. 이런 "생
각만 짓다가 또 하루/석양을 맞"게 되는 시인의 마
음을 위의 시 〈바라밀다〉는 노래한다.
　불교에서의 '심(心)'은 마음, 심장을 의미하며, 그
뿐만 아니라 만상의 본질 즉 정수(精髓)를 뜻한다.
그러니까 심경(心經)은 마음의 경전을 의미한다. 그

심경을 안직수 시인은 시 〈심경〉에서 이렇게 노래
한다.

이거 하나는 가지고 살아야지.
자식에게 남겨줄 멋진 한마디 말
인생은 이렇게 살아야 한다는
정리된 언어 하나는 갖고 살아야지.
                    -시 〈심경(心經)〉 전문

 위의 시 〈심경〉에서의 "멋진 한마디 말" "정리된 언
어 하나"는 아포리즘적 언어이다. 격언 · 잠언 · 좌
우명 등 여러 가지 말로 표현되는 선어(禪語)이다.
그 언어를 갖고 살기 위해 시인은 시를 쓴다. 자식
들에게 들려줄 말 대신에 시인으로서 남기고 싶은
말인 시를 그래서 쓰게 된다. 불교시인의 좌우명 같
은 시의 언어는 선어(禪語)인 것이다.
 선어(禪語)는 선적 언어이다. 선(禪)이 불립문자 격
외별전으로 직지인심, 견성성불을 목표로 한다고
할 때, 선어는 그것을 이루기 위한 언어이어야 하
며, 혹은 그것을 이룬 깨달음의 언어이어야 한다.
지혜의 언어가 되어야 한다.

견성성불의 언어인 선시가 게송(偈頌)이라 할 때, 깨달음을 이루기 위한 언어인 시는 불교적인 시이다. 그러나 이 모두 선어에 대한 인식이나 그것으로 이루어져야 한다. 불교시도 마찬가지이다. 《불교문학의 이론》을 정립하려 한 김운학은 그의 책에서 이렇게 말한다. "禪, 그 자체는 문학이 아님에도 그것이 훌륭한 문학을 낳을 수 있다는 것은 禪은 창작하는 힘과 詩的 靈感을 만들어 주는 원동력이 되기 때문"이라고. 그리고 그 이유를 "禪이 人生에 대한 여유와 감동의 자연세계를 그대로 표출시키기 때문"이라고 덧붙이고 있다. 선은 직관적이다. 언어를 초월한다. 그래서 선어는 언어 이전의 언어이다. 그리고 그것은 시의 표현구조인 상징으로 나타난다. 따라서 선시는 초월한 언어인 상징으로 이루어지기 때문에 일상적인 사유로는 이해되지 않는다. 뜬금없는 언어와 낯설어하기를 통해서 얻어지는 언어, 무의식적으로 비뚤어진 언어로 이루어지기 때문에 난해할 수밖에 없다. 그러나 안직수의 시는 이와는 다른 형태로 표출된다. 그것을 탐색해 보자.

2. 뜬금 없기와 낯설게 하기와 선시(禪詩)

줄글 형태로 쓴 시 〈관자재보살(觀自在菩薩)〉을 보자.

중국 한 관리가 빈 쌀독 부여잡고 울고 있는 아낙네 보고 측은지심 일어 금화 한 닢 전해줬대요. 아비가 그 일 알고 돈을 빼앗아 도박장 가려다가 말리는 아들도, 부인도 죽이는 일이 있었다지요. 세인들이 할 수 있는 자비심이 거기까지네요.

모스크바 박물관에는 늙은 노인에게 젖을 빨리는 젊은 여인의 그림이 망측하게 걸려 있어요. 혁명을 꿈꾸다 아사형을 받고 굶어 죽어가는 아버지에게 막 해산한 딸이 가슴을 내어줬대요. 생명을 가엾게 여기는 건, 부끄러운 일도 무언가 바라고 하는 일도 아니랍니다. 그 여인이 바로, 관세음 관자재 대비관음보살입니다.

-시 〈관자재보살(觀自在菩薩)〉 전문

'관자재보살'은 관세음보살의 다른 이름이다. 이 보살은 세상의 모든 것을 관조하여 자비의 힘으로 중생의 고통을 구제하여 왕생도(往生道)로 인도해 주는 보살이다. 위의 시는 산문으로 쓰여졌기 때문에 쉽게 읽힌다. 중국의 한 관리 이야기는 측은지심으로 금화 닢으로 적선한 에피소드를 시인은 세인의 자비심으로 인식한다. 그리고 노인에게 젖을 물리는 젊은 여인의 그림은 관자재보살의 보살행으로 인식하고 쓴 시이다. 이 그림은 루벤스의 〈시몬과 페로〉라는 이름의 작품인 것으로 보인다. 노인의 이름은 시몬이고 딸의 이름은 페로다. 이 그림과 얽힌 이야기가 다소 우리에게는 낯설 수 있다. 그러나 이 이야기 속에서 시인은 불교의 생명 존중사상을 본 것으로 보인다. 불교의 계율에는 "살아 있는 것을 죽이지 말자는 불살생(不殺生)의 계율"이 있다. 이는 이타행(利他行)의 실천행이지만 생명의 중요성을 환기하기 위한 계율이다.

우리의 생명을 구성하는 5요소를 불교에서는 오온(五蘊)으로 지칭한다. 오온(五蘊)은 물질[色], 감각[受], 지각[想], 의지와 행동[行, 인식작용[識])으로 인간에게 실제로 존재하는 요소인데, 그 본성을 근원적으로 살펴볼 때 그 실체가 아예 없다는 인식이 《반야심경》의 인식이다. (여기에서 이에 대한 설명이 더 필요하지만) "조견 오온개공 도 일체고액(照

見 五蘊皆空 度 一切苦厄"이 그것이다. 그것을 안 직수 시인은 5편의 시로 노래한다. 그중 〈오온(五蘊)〉을 보자.

따끔하다.
이발을 하고 나면 꼭 어딘가
작은 머리카락 한 개가
옷에 박혀 찌른다.
슬쩍슬쩍 옷을 털어봐도 헛수고다.
하루 종일 몸을 찌르다가
옷을 벗어 꼼꼼히 뒤지고야
작은 머리카락을 본다.
이 작은 게, 이 작은 게
이 큰 몸을 아프게 한다.

큰일은 상처가 되지 않는다.
작고 소소한 일이 가시처럼
마음에 박힌다.
그것도 삶의 부분이다.
　　　　　　－시 〈오온(五蘊)〉 전문

이 시는 위에서 보듯이 이발 후 생기는 작은 머리카락 하나를 모티프로 해서 쓴 시이다. 인체의 고통을 환기시켜주는 시이다. 작은 머리카락이 큰 고통을 느끼게 하는 우리 현실을 상징적으로 보여주는 시이다. 그것을 통해 "큰일은 상처가 되지 않는다./작고 소소한 일이 가시처럼/마음에 박힌다./그것도 삶의 부분"라는 아포리즘적 메시지를 전하기 위한 것이다. 그리고 시 〈일체고액(一切苦厄)〉에서는 너무 아파 숨쉬기도 힘들다고 우는 아이에게 "인생이란 즐기기도 하지만/때때로 버텨야 할 때도 있단다"라고 삶에 대한 관조적 말을 유언처럼 전언한다. 또한 시 〈도(度)〉에서는 "뗏목 만들어 강 건넜으면/버려야지./그 뗏목 지고 간다고/다시 쓸 일 있을 줄 아느냐/갈 곳도 채 이르지 못하는 인생"임을 환기시켜 한용운의 〈나룻배와 행인〉과는 다르게 무소유(無所有)의 미학을 일깨워 준다.

탄소 수소 질소 산소
물 공기 바람 흙
물질을 이루는 네 가지 물질을
과학과 철학은 각각 이렇게 부른다.

글 쓰고, 생각을 말하는 나도
조용히 이파리 틔우며 여름 한철 자라는 너도
눈에 보이지 않는 네 가지 물질로 나뉘어
흩어진다. 죽는다.

그런데도 참 아웅다웅 산다.
온갖 지랄 다 하고 산다. 거기까지다.
　　　　　　－시 〈색즉시공 色卽是空〉 전문

　위의 시 〈색즉시공 色卽是空〉은 서양의 인식인 생명체의 4가지 유기물과 우주를 형성하는 4원소, 우리가 잘 아는 바슐라르의 4원소론을 제시하고, 사람인 나와 식물인 너도 "눈에 보이지 않는 네 가지 물질로 나뉘어/흩어진다. 죽는다./그런데도 참 아웅다웅 산다./온갖 지랄 다 하고 산다"고 자조적으로 노래한다. 그리고 시 〈공즉시색 空卽是色〉에서는 "냇물에/나뭇잎 하나 띄워 놓고/저 멀리 떠나가는 모습을 보다가/다시 눈앞 냇물을 보니/그 물, 그대로다"(시 전문) 라고 짧게 노래한다. 가는 것이 가는 것이 아닌 것처럼 "있음이 곧 없음이며, 없음이 동시에 있음"이라 불교 이론의 요체를 비유적으로 보여준다. 삼라만상은 시간의 흐름과 장소에 따라 변화무쌍하게 흐를 뿐이니, 일정한 실체가 없이 비어 있는 것이며, 그렇다고 텅 비어 있음이 물질적인 현상을 떠나 따로 있는 것이 아니다 라는 진리를 쉽게 풀어서 비유한다. 있음이 없음이고 없음이 있음이라는 비논리적 언어는 뜬금없는 것이고 이성을 중시하는 현대인에게는 낯설기 마련이다. 이는 시의 공간 속에서 가능해지고, 불교의 범주에서나 가능한 세계이다. 이 접점에서 시와 불교는 만나게 된다. 그리고 러시아 형식주의에서의 한 가지 표현구조인 '낯설게 하기'로도 설명된다.

낯설게 하기는 러시아의 쉬클로프스키가 처음 주장한 것으로 시의 리듬, 비유, 역설 등을 통해서 사전적 언어가 갖지 못한 문학적 언어 미학을 나타내는 것으로 불교에서는 비유나 역설 또는 아이러니를 통해서 실현한다. 이 기법은 평범한 것을 비범하게, 간과한 것을 주목하게 하는 힘을 지니고 있어 시와 불교의 접점에서 그 효용성을 극대화시킨다. 시 〈수상행식 역부여시(受想行識 亦復如是)〉에서의 "사랑도 삶도 동그랗다." 시구가 그러하고, 시 〈불구

부정(不垢不淨)〉에서의 "거울에 똥을 비춘다고/거울에 꽃을 비춘다고/거울이 더러워지던가, 아름다워지던가.//작대기로 거울을 내리쳤다./거울도 사라졌다"(시 전문) 가 그러하다. 다분히 선시적(禪詩的)이다.

너는 내 자식이라
학원비도, 간식도 아깝지 않다.
너는 내 부인이라
화장품 사고, 술 마셔도 사랑스럽다.

그런데 사랑이 식었다고
그런 까닭으로,
이제는 모두가 아깝다고 한다.

헐, 할.
거미 한 마리 창문에 거미줄을 긋는다.
                    -시 〈시고 是故〉 전문

'시고 是故'는 그러므로, 이러므로, 이런 까닭에라는 의미의 부사어다. 시 제목을 〈시고 是故〉라 한 것도 재미있고, 마지막 연 "헐, 할./거미 한 마리 창문에 거미줄을 긋는다"로 끝맺는 것도 재미있고 뜬금 맞다. 그 비유가 선적이다. 아깝다와 사랑스럽다 라는 언어의 트릭을 통해 인간 본성의 이중성을, 혹은 마음먹기에 따라 달라지는 인간의 본체를 소박하게 표현한다. 그리고 3연의 '헐'과 '할'의 트릭도 재미있다. '헐'은 귀가 막힐 때 내지르는 감탄어고, 할[喝 혹은 '갈'] 은 선종에서 스승이 제자를 가르치는 설법 등 일상의 인사나 대화에서 큰소리를 질러 힐책한다는 것으로 봉(주장자)을 내리치면서 '할!'하는 것을 봉할(棒喝)이라고 한다. 이는 상대방을 꾸짖을 때 하기 보다는 상대방의 불성을 환기시킬 때 사용한다. 그 할과 '헐'이라는, 어처구니없을 때 내뱉는 언어를 나란히 배치한 것은 아이러니 표현구조이다. 그리고 마지막 행 "거미 한 마리 창문에 거미줄을 긋는다"는 선어는 그 이미지 자체를 논리적으로 해석하기보다는 선어로서 혹은 게송으로 이해해야 할 것이다.

3. 감각적 이미지와 지혜의 공간

현대시는 이미지를 위주로 하는 시이다. 귀 밝은 시보다는 눈 밝은 시로서 불교의 여섯 개의 뿌리인 육식(六識)인 '안이비설신의(無眼耳鼻舌身意)'의 맨 윗자리인 눈[眼根]을 중시하는 시법이다. 심신을 작용하는 여섯 가지 감각기관 중 감각발달 단계에서 윗자리를 차지하는 이미지 시는 현대시의 주종에 위치한다. '눈'을 중시하는 시이기 때문이다. 그 점에 있어서 안직수 시의 경우에도 예외는 아니다. 많은 시들이 이미지 시이기 때문이다. 그러나 안직수 시의 경우에는 지금까지 탐색한 것처럼 시의 제목을 《반야심경》의 특별한 시어와 의미망을 구축하고 있다는 점에서 입체적이다.

논 가운데 허수아비 옷자락이
바람에 날리자
헛것인지 알고 볏낟 쪼던 참새들이
후르르 날아오른다.
다시 바람인지 알고
참새들이 벼이삭에 앉자
나락이 떨어진다.

농부는 바람에 그물을 친다.

스님은 허공에 달마를 그린다.

─시 〈공중무색(空中無色)〉 전문

위의 시 〈공중무색(空中無色)〉은 '논'의 이미지를 그린 시로서 손색이 없다. 바람과 허수아비 옷자락과 그물과 달마 그림의 유기적 구조를 이루어 하나의 의미공간을 구축한다. "농부는 바람에 그물을 친다"라는 시행의 이미지는 특별하다. 바람을 잡기 위해 그물을 칠 수는 없다. 그물로는 바람을 가둘 수 없다. 그것을 허공에 달마 그림을 그리는 스님과 나란히 병치시킴으로서 입체적 의미망을 형성한다.

'공중무색(空中無色)'을 직역하면, "공(空) 가운데는 색(色)이 없다"이다. 이 선어는 "무수상행식(無受想行識) 무안이비설신의(無眼耳鼻舌身意)"와 연결되어 "실체가 없음을 명백히 깨달은 빈 자리에서 보면, 확실한 것이라고 말할 수 있는 물질적 요소인 색(色)과 정신적 요소인 수상행식(受想行識) 그리고 감각기관인 눈[眼], 귀[耳], 코[鼻], 혀[舌], 신체[身] 의식[意]), 또한 무색성향미촉법(無色聲香味

觸法)인 색채[色], 소리[聲], 냄새[香], 맛[味)] 촉
감[觸], 인식([法])의 대상도, 사실도 없다는 의미와
연결되어 그 의미를 새롭게 만들어 낸다. 하나의 이
미지가 만들어 내는 의미로 끝날 수 있는 것을 불교
적 인식을 통해 새롭고 광대한 의미를 만들어 내는
것이다.

시 〈 무색성향미촉법(無色聲香味觸法)〉만 보아도
그러하다.

비행기를 만들고 나서
울타리도 경계도 없는 하늘에
선을 그었다. 이건 내 땅.
파란 하늘에 가끔 구름이 넘나들지만
구름도 흘러가다 흩어지면
그대로 하늘이 된다. 파아란 하늘이 된다.
하늘 보고 내 땅이라는 족속은
인간 뿐이다.

달에서 보면, 의식을 넘어서 보면
우습다.
　　　　－시 〈무색성향미촉법(無色聲香味觸法)〉 전문

그렇다. 이 시를 보면 고개가 끄덕거려진다. 하늘에는 경계가 없다. 누구의 것도 아니다. 하늘에 금을 그은 이는 인간이다. 주권국가의 공간적 관할권이 정한 때는 17세기부터이다. 국가 간 영토나 공해를 나누는 실제적이고 가상적인 경계선이 국경이다. 이는 인간의 탐욕에서 나온 경계선이다. 그러나 위의 시에서 보듯이 하늘은 하늘일 뿐 경계선이란 없다. 그처럼 인간의 육근의 대상이 되는 여섯 가지 경계. 육식(六識)으로 인식하는 여섯 가지 경계를 육경(六境)·육진(六塵)이라고 하는데, 그것이 경계가 없듯이 그것 자체가 없음을 《반야심경》에서는 설법한다. 《금강경》에서도 "불응주색생심 不應住色生心, 불응주성향미촉법생심 不應住聲香味觸法生心, 응생무소주심 應生無所住心"이라 하여 육근에 집착해서 마음을 내지 말자는 불법이 그것이다. 육근으로 생기는 모든 것들에 머물러 욕심을 갖지 말라는 교훈이 그것이다. 그것을 이 시는 '하늘'을 새롭게 인식함으로써 형상시로 보여 준다.

시 〈역무무명진 亦無無明盡〉도 같은 맥락이다.

바람이 어디로 가는지 알고 싶어

지푸라기를 던졌다. 몇 걸음질치다 곤두박질.
민들레 씨앗을 불어 날려도 보고
풍등에 불을 지펴 올려봤지만
바람을 따라가지는 못했다.

냇물에 나무배 띄워 따라가다가
가다가 지쳐 걸음을 멈추고서야
바람도 물도 끝을 볼 수 없듯
삶도 끝을 알 수 없다고
체념하고 돌아서다가

아하, 알겠다.
그게 궁금해지지 않는 원리를 알겠다.
　　　　　　　　　– 시 〈역무무명진 亦無無明盡〉 전문

'역무무명진 亦無無明盡'은 "또한 무명 無明이 다함도 없다"는 의미다. '무명(無明)'의 사전적 의미는 밝음이 없다인데 이는 지혜 없음을 의미한다. 이를 '전생의 번뇌' 또는 '12연기법'과 설명하면 불교학 강론이 되기 때문에, 여기에서는 잠시 유보하고 위의 시 〈역무무명진 亦無無明盡〉을 탐색하여 이 시에서 시인이 말하고자 하는 마음을 살펴보는 것이 좋을 것 같다.

위의 시는 "바람이 어디로 가는지" 알고 싶다는 화두에서 시작된다. 그것은 바람이 어디서부터 오는가에 대한 의혹이기도 하다. 그래서 시인은 지푸라기, 민들레 씨앗, 풍등, 그리고 나룻배로 실험해 보지만 그 모두 흐르는 바람을 따라가지는 못한다. 그래서 시인은 "바람도 물도 끝을 볼 수 없듯/삶도 끝을 알 수 없다고/체념하고 돌아서"게 된다. 그리고 그 원리가 궁금해진다. 그 원리란 바로 불교의 '12연기법(緣起法)'을 의미한다.

'12연기법(緣起法)'은 무명(無明), 행(行), 식(識), 명색(名色), 육입(六入), 촉(觸), 수(受), 애(愛), 취(取), 유(有), 생(生), 노사(老死) 등 12가지가 연결되어 상호의존하여 이루어지는 것으로, 그 존재방식은 인과 연이 되어 맞물려 있기 때문에 스스로의 고유한 성품이 없다는 것이다. 그래서 그것은 곧 공(空)이라는 것이다. 그 공(空)이 곧 해탈문인데, 그에 이르기 위해서는 무명(無明)을 박살내어야 한다는 것이다. 다시 말하면 지혜에 이르러야 한다는 것이다. 이를 이 시는 전언해 주고 있다.

무리지어 번지는 들풀은
세월보다 빠르게 자란다
다듬어지지 않았지만
들판의 흙을 메우며 자라는 잡초는
차별하지도, 경쟁하지도 않고
자기 모양 그대로
세월보다 빠르게 자란다.

　　　　　　　　　– 시 〈시무등등주 是無等等呪 〉 전문

　위의 시는 시 그대로 들풀은 세월보다 빠르게 자라
서 무엇과도 견주어 볼 수 없다는 인식을 시로 형상
화한 것이다. 들풀은 그 무엇과도 "차별하지도, 경
쟁하지도 않고/자기 모양 그대로/세월보다 빠르게
자란다"는 인식이 자연무위설과도 연결되어 있지
만, 제목이 의미하는 바 '시무등등주 是無等等呪'로
이해해야 할 것이다. 이를 직역하면 "끝이 없어 견
주어 볼 수가 없고, 모든 소망 혹은 주문도 비교할
수가 없다"는 의미이다. 무엇과도 견줄 수 없고, 어
떤 주문과도 비교될 수 없는 것은 시에서처럼 그 무
엇과도 차별할 수도 없고 경쟁하지도 않는다는 것이
다. 불교의 인식은 우리 삶의 보편적 인식을 전복시

킨다. 우리의 삶은 소유와 욕망에서 나오는 인식이 기 때문이다. 그것을 모두 전복시킬 때 무(無)의 공간에 들어서며 큰 지혜의 세계로 나가게 되는 것이다.

세상에서 가장 맛있는 식사는
가장 좋아하는 사람과
그이가 좋아하는 음식을 먹는 시간
혼자 가는 길은 쓸쓸하고
혼자 먹는 밥은 텁텁하다.

같이 가자. 함께 가자.
너와 내가 하나가 되어 같이 갈 때
비로소, 비로소 행복하다.
─시 〈아제아제 바라아제 바라승아제 모지사바하 揭諦揭諦 波羅揭諦 波羅僧揭諦 菩提 娑婆訶〉 전문

시 〈아제아제 바라아제 바라승아제 모지사바하(揭諦揭諦 波羅揭諦 波羅僧揭諦 菩提 娑婆訶)〉는《반야심경》의 마지막 구절을 제목으로 한 54편 중의 마지막 시이다. 이 시의 메시지는 "혼자 먹는 밥이

텁텁하"고 "혼자 가는 길이 쓸쓸"하기 때문에 "같이 가자. 함께 가자" 그리고 "너와 내가 하나가" 될 때 "비로소 행복"해진다는 것이다. 그리고 이 구절은 "가자. 가자. 피안으로 건너가자. 피안으로 완전히 건너가자. 가서 깨달음을 얻자"는 말이다. 시에서는 "함께 가자"고 노래한다. 그것은 동행하기를 원하는 것이며 도반(道伴)이 되기를 권유하는 것이다. 파편화되어 버린 우리의 사회와 우리 모두의 의식에 경종을 주는 말이기도 하다. 그러나 정작 이 시의 행간 속에서는 자리행(自利行)만 행할 것이 아니라, 이타행(利他行)으로 하화중생(下化衆生)의 대승불교적 사상을 엿볼 수 있다.《반야심경》의 선어를 모티프로 한 시가 아닌 경외시(經外詩) 〈기도〉의 아내에게 바치는 시에도 엿볼 수 있다. "전생에 기도 좀 더하지/복 좀 더 쌓아 놓고 이 세상 오지/어쩌다 내게로 와서/가난한 집으로 시집와/피곤한 몸 눕히고 땀 송글송글 맺히며/골아 잠자고 있누.//다음 생엔 좀 더/많이 가진 남자 만나라고/잠든 아내 대신 기도한다"(시 〈기도〉 전문)가 그것이다. 소박한 기도지만 이보다 더 큰 기원은 없을 것이다.

시는 시인의 마음을 그린 언어로의 형상화이다. 불

교에서는 마음이 본디 없는 것으로 이르지만, 시인은 그 마음자리를 올바르게 깨닫고 밝은 지혜를 얻기 위해 시를 쓴다. 그리고 자신의 시가 가장 신비하고 밝고, 가장 높은 주문이 되기를 바란다. 그로 인해 중생들에게 다소 위안이 되고 마음이 구원되기를 원한다. 그래서 안직수 시인은 큰 지혜와 참 마음이 들어 있는 《반야심경》을 모티프로 본래의 자신의 진솔한 마음으로 인식하고 표현하려 했는지도 모른다. 그리고 그것을 아내에게, 중생들에게 선물(?)하려 했는지도 모른다. 그 점이 궁금하다.

영문 번역

엄남미

아침 습관 컨설턴트. '국내 1호 습관 변화 전문가'로서 한국형 미라클모닝 열풍을 만들고 있는 주인공이다. 한국형 미라클모닝이란, 삶에 긍정적인 힘을 불어넣는 자기 확언과 활기차게 하루를 시작하는 아침 습관의 결합을 통해 새로운 삶을 만들어 나가는 것으로서, 많은 사람들이 저자가 운영하는 한국 미라클모닝 카페를 통해 이 효과를 체험하고 있다.

엄남미 컨설턴트는 몇 년 전까지만 해도 영어교사이자 번역가이면서 두 아들을 둔 평범한 직장인 워킹맘이었다. 그러나 2010년 루이스 헤이의 〈나는 할 수 있어〉를 번역하며 자기 확언에 대한 깊은 감명을 받았고, 이를 통해 변화해 가는 자신의 모습을 다른 사람들과 공유하고 싶다는 바람을 키우며 컨설턴트로서의 꿈을 준비하게 되었다.

그러던 중 할 엘로드의 〈미라클모닝〉에서 하루를 시작하는 아침의 중요성을 깨달아, 자기 확언과 아침습관의 결합을 통해 매일매일 자신을 변화시키는 한국형 미라클모닝이라는 새로운 실천모델을 만들어 냈다. 이를 통해 아침 습관을 하나의 이슈로 만들며 방송, 연재, 강연 등 활발한 활동을 이어가고 있다. 특히 〈여성 공감〉〈화제집중〉〈화예TV〉 등의 방송과 〈한국 미라클모닝〉 등의 연재, 고려대학교 등의 강연을 통해 학생과 직장인, 주부 등을 대상으로 인생을 바꾸는 아침 습관에 대해 소개하고 있다. 또한 한국 미라클모닝 카페를 직접 운영하며 많은 회원들이 새로운 삶을 개척하는데 도움을 주고 있다.

블로그 blog.naver.com/hiaena7633
메일   hiaena7633@hanmail.net,
        hiaena7633@naver.com
카페   cafe.naver.com/koreamiraclemorning

1판 1쇄 발행   2016년 10월 14일

지은이   안직수

펴낸곳   도서출판 도반
펴낸이   이상미
편집   김광호, 이상미
대표전화   031-465-1285
이메일   doban0327@naver.com
주소   경기도 안양시 만안구 안양로 332번길 32

ISBN   978-89-97270-29-3
책값은 뒤표지에 있습니다.

*이 책은 수원문화재단으로부터 문예창작기금을 지원받아
  제작됐습니다.